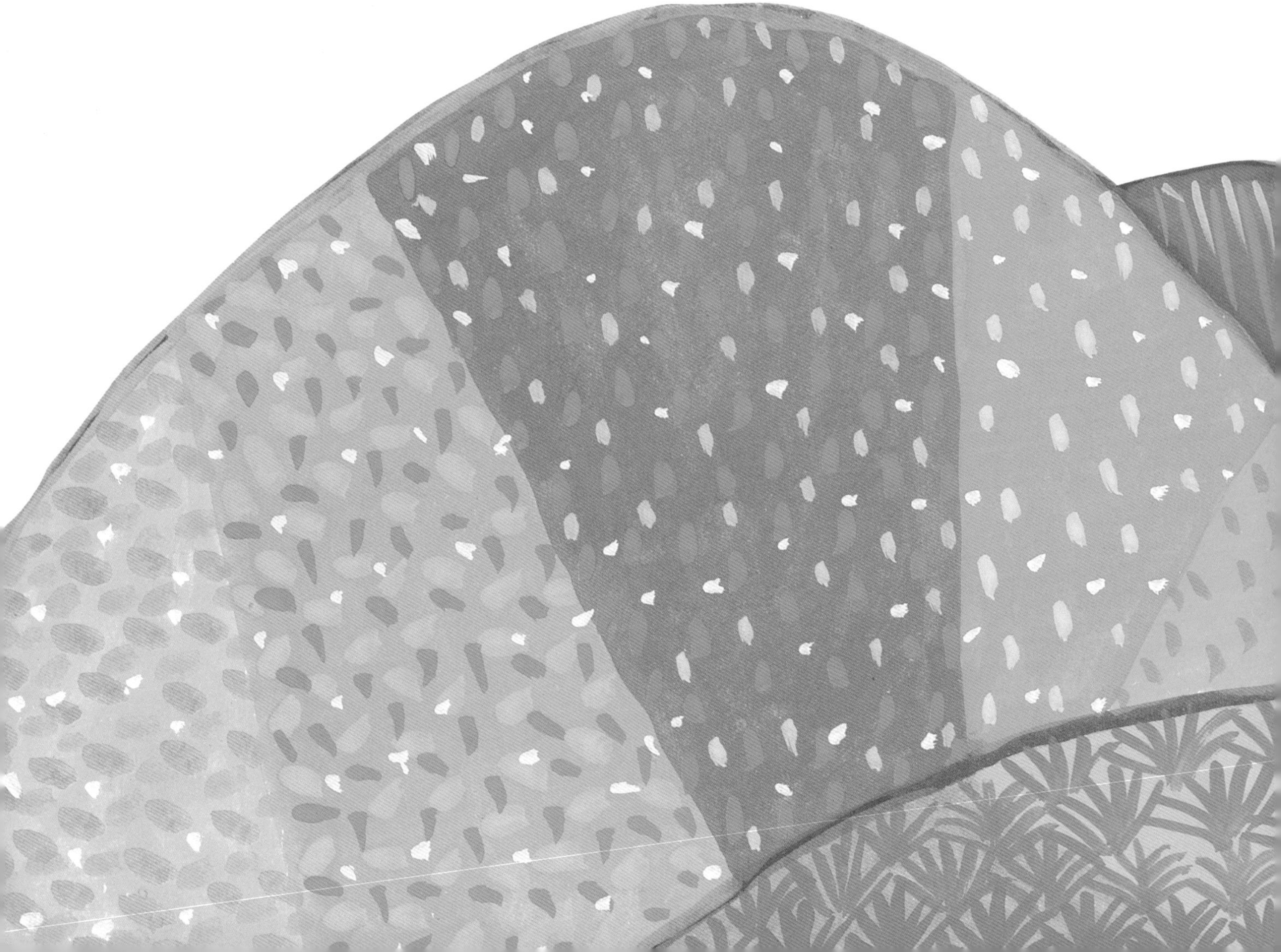

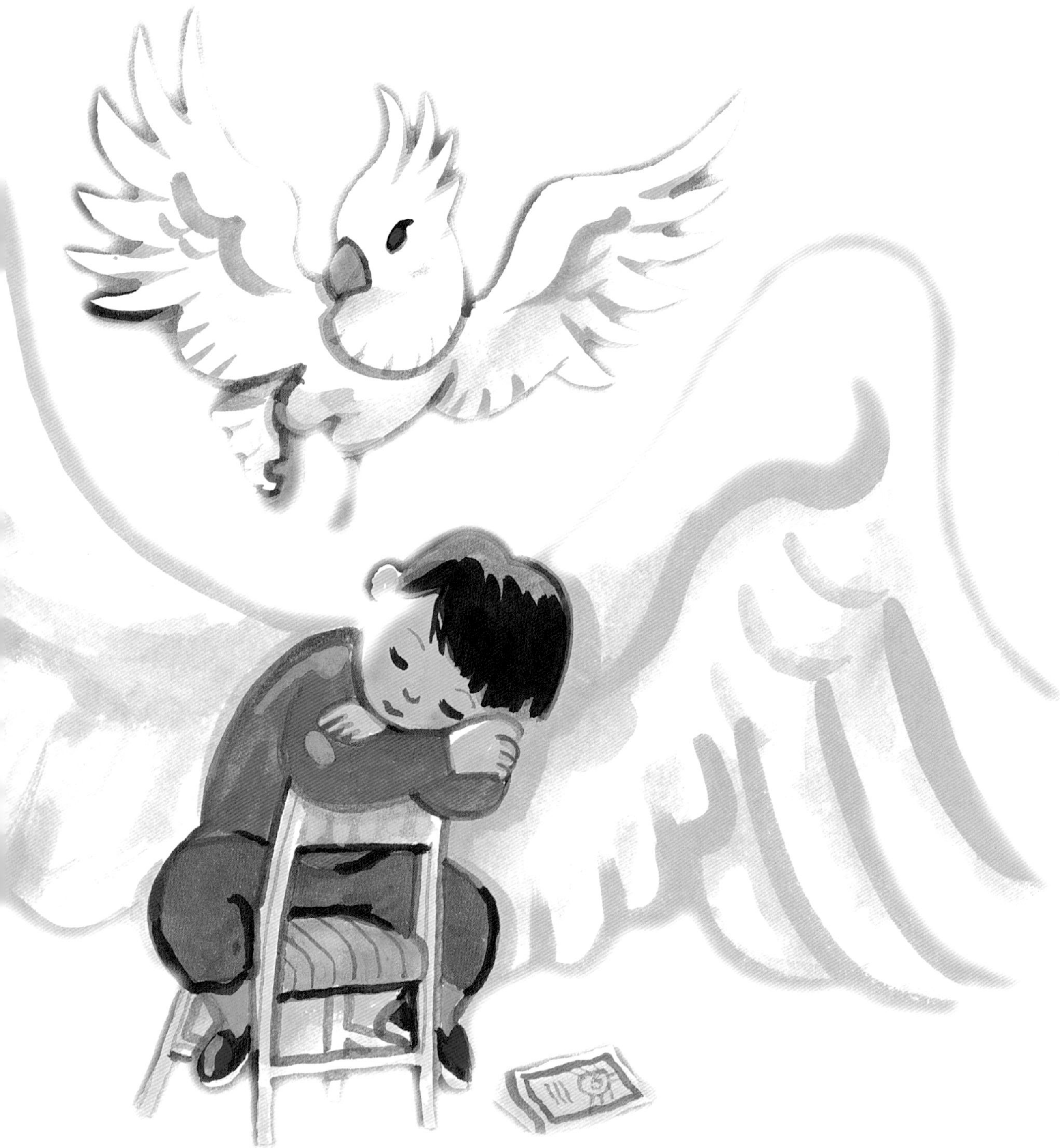

小孩與鸚鵡

國家圖書館出版品預行編目資料

小孩與鸚鵡／陳義芝著；曹俊彥繪.－－初版二刷.－－臺北市；三民，民90

面；　公分－－(兒童文叢書. 小詩人系列)

ISBN 957-14-2863-9　(精裝)

859.8　　87005749

網路書店位址　http://www.sanmin.com.tw

© 小孩與鸚鵡

著作人　陳義芝
繪圖者　曹俊彥
發行人　劉振強
著作財產權人　三民書局股份有限公司
臺北市復興北路三八六號
發行所　三民書局股份有限公司
地址／臺北市復興北路三八六號
電話／二五〇〇六六〇〇
郵撥／〇〇〇九九九八——五號
印刷所　三民書局股份有限公司
門市部　復北店／臺北市復興北路三八六號
重南店／臺北市重慶南路一段六十一號
初版一刷　中華民國八十七年八月
初版二刷　中華民國九十年七月
編　號　S 85367
定價　新臺幣貳佰捌拾元整
行政院新聞局登記證局版臺業字第〇二〇〇號

ISBN　957-14-2863-9　(精裝)

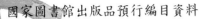

兒童文學叢書

・小詩人系列・

小孩與鸚鵡

陳義芝／著

曹俊彥／繪

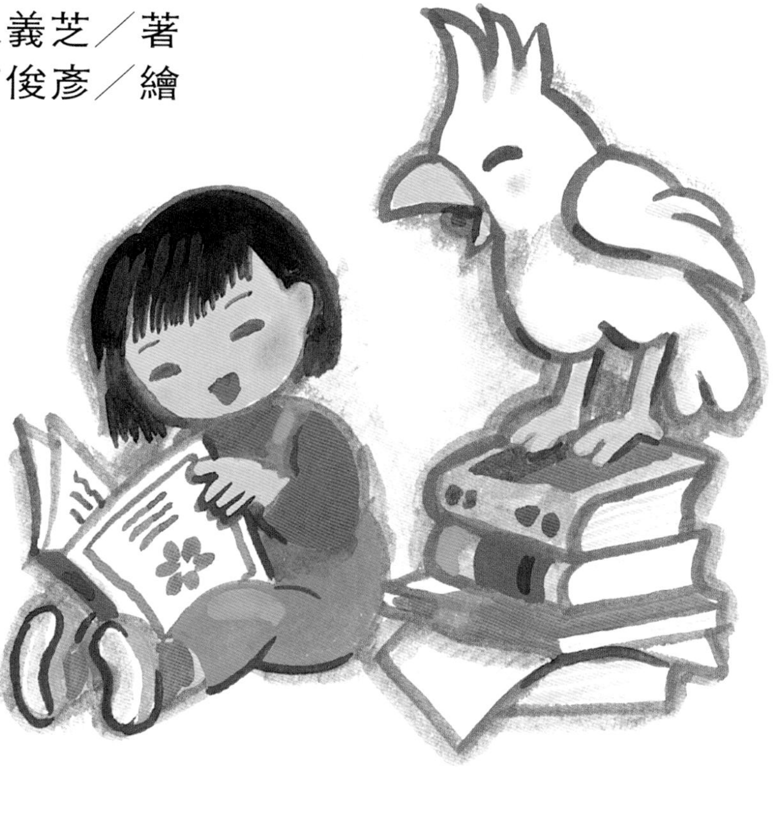

三民書局

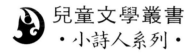

詩心・童心

——出版的話

可曾想過，平日孩子最常說的話是什麼？

「媽！我今天中午要吃麥當勞哦！」「可不可以幫我買電視上廣告的那種電動玩具！」「我好想要百貨公司裡的那個洋娃娃！」

乍聽之下，好像孩子天生就是來討債的。然而，仔細想想，這些話的背後，絕不只是貪吃、好玩而已；其實每一個要求，都蘊藏著孩子心中追求的夢想——嚮往像童話故事中的公主般美麗、令人喜愛；嚮往像金剛戰神般的勇猛、無敵。

為了滿足孩子的願望，身為父母的只好竭盡所能的購買，但孩子們總是喜新厭舊，剛買的玩具，馬上又堆在架子上蒙塵了。為什麼呢？因為物質的給予終究有限，只有激發孩子源源不絕的創造力，才能使他們受用無窮。「給他一條魚，不如給他一根釣桿」，愛他，不是給他什麼，而是教他如何自己尋求！

事實上，在每個小腦袋裡，都潛藏著無垠的想像力與無窮的爆發力。大人常會被孩子們千奇百怪的問題問得啞口無言；也常會因孩子們出奇不意的想法而啞然失笑；但這種不規則的邏輯卻是他們認識這個世界的最好方式。而詩歌中活潑的語言、奔放的想像空間，應是最能貼近他們跳躍的思考頻率了！

於是，我們出版了這套童詩，邀請國內外名詩人、畫家將孩子們天馬行空的想像，熔鑄成篇篇詩句；將孩子們的瑰麗夢想，彩繪成繽紛圖畫。詩中，沒有深奧的道理，只有再平常不過的周遭事物；沒有諄諄的說教，只有充滿驚喜的體驗。因為我們相信，能體會生活，方能創造生活，而詩的語言，也該是生活的語言。

每個孩子都是天生的詩人，每顆詩心也都孕育著無數的童心。就讓這些詩句在孩子的心中埋下想像的種子，伴隨著他們的夢想一同成長吧！

為孩子寫詩

陳義芝

《莊子》書中有一段關於小孩的描寫：

有一次黃帝到具茨山找一位修道的人，迷了路，恰巧遇到牧馬童子，就向他問路。黃帝問他知道具茨山在哪裡嗎？那童子回答說知道；又問他知道大隗那位修道者住哪裡嗎？童子也說知道。黃帝十分驚奇，於是很誠懇地請問他如何治理天下？童子說：「和養馬沒什麼兩樣，只要除去害群之馬就好了。」黃帝叩頭拜謝，尊稱童子為天師。

黃帝遇到的這位童子，令人印象深刻，這童子當然不是普通小孩，他是一位遨遊於天地間的仙童，無所不知無所不能。我每一次想到他，腦海裡就出現一個全身發著光的小孩，清純像黎明的風景、雲雀的歌聲。清純即是智慧，即是永恆之美！

拿著筆的時候，在我眼前時常出現許多認得與不認得的小孩，一雙雙澄亮的眼睛、一張張稚氣的臉孔，我望著他們，試圖以詩的形式和他們對話、溝通。我並未學小孩口氣說話，因為我關心的是能不能給孩子增加語彙、能不能訓練想像力使他們進入詩的情境？我相信要使一個人的思想細膩而多面向，越早訓練越見成效，而讀詩是一種很好的方法。

寫作期間，除了重溫自己的童年，不免也會想到兩個兒子小的時候，他們曾經放棄畫圖、彈琴、看漫畫、睡懶覺的權利，失去笑容地活在升學壓力底下；而今，他們一起出國，一個已念大學、一個在念高中，讀他們的來信，我總浮現孩子在樹林中摘野草莓、野蘋果，騎著單車到草原打球，或進城看電影、買背包的情景……這些點點滴滴的回憶，自然給了我許多隨意的聯想。

《小孩與鸚鵡》是我第一次嘗試為孩子寫的詩。如果我所要表達的，有孩子不能領略的，希望大人能念給他們聽、講給他們聽。

目次

小孩與鸚鵡

08—09 小孩與鸚鵡
10—11 寫功課
12—13 同床
14—15 走失的孩子
16—17 密碼
18—19 考試

放假 20—21
畢業嘍 22—23
早晨 24—25
兩兄弟 26—29
我愛的鄰家大姊姊 30—31
摩天樓夜眺 32—33
聖誕夜 34—35
送行的話 36—37
吵架 38—39
遠足 40—41
回憶 42—43
下山的猴子 44—45
雞和貓 46—47
世界地理 48—49

小孩與鸚鵡

小孩聽鸚鵡學他講話
坐久了感到厭煩
一闔眼就睡著了
鸚鵡嫌沒有人陪牠講話
飛到瞌睡的小孩頭上
啄一啄，好奇地
想知道夢中的他
有沒有說些什麼

這首詩很顯然地，
安排了小孩和鸚鵡這兩種角色，
其實，鸚鵡扮演的也是小孩
——好奇、勤於學習的小孩。

寫功課

窸窸窣窣
風在說什麼
樹葉在說什麼

淅瀝淅瀝
雲在說什麼
泥土在說什麼

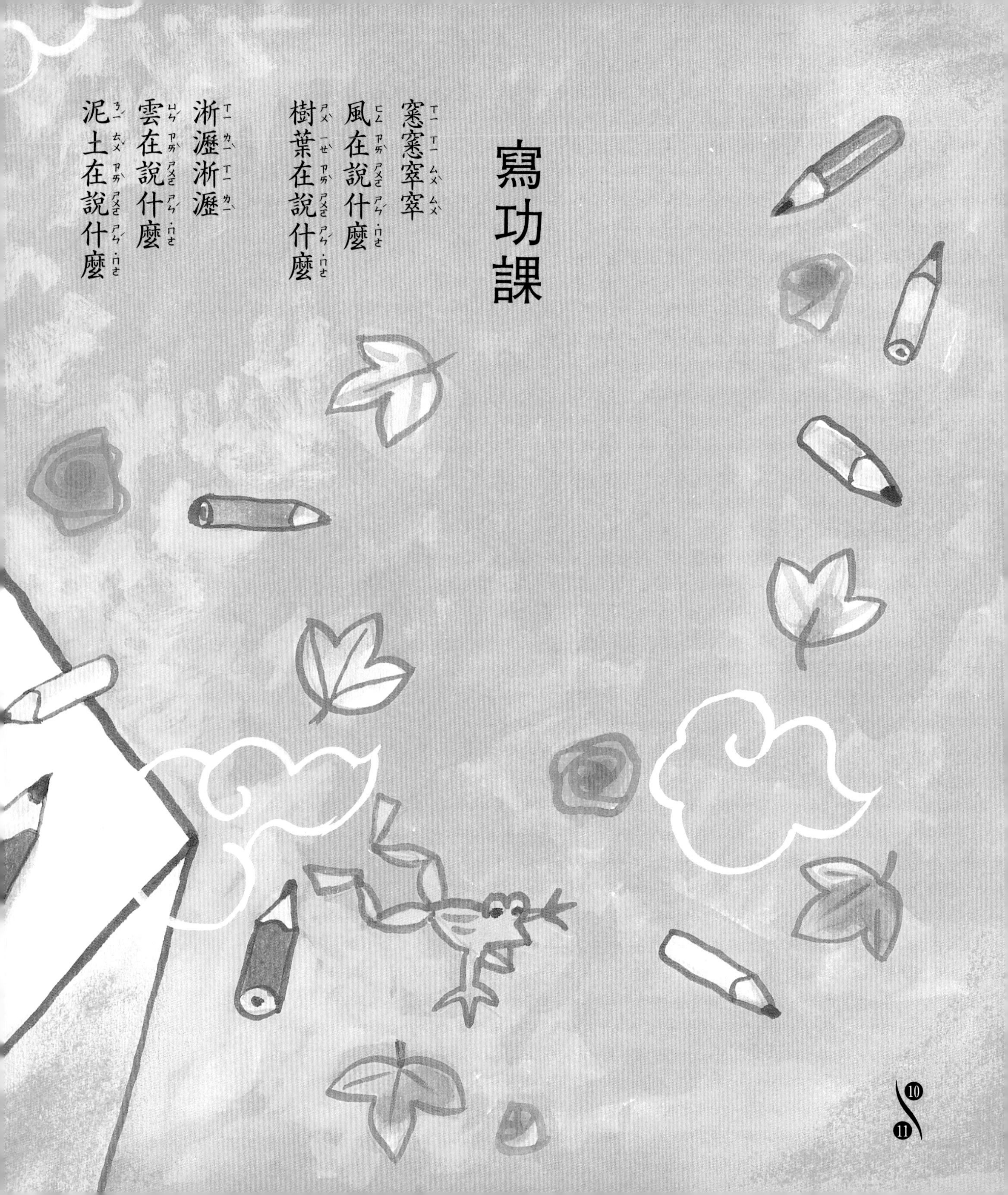

叮咚叮咚
雨在說什麼
鐵皮屋在說什麼

唏哩嘩啦
春天在說什麼
我的心在說什麼

夜，安靜下來了
桌上的課表和
寫不完的作業在說什麼

寫功課，通常不會是多愉快的經驗，
比不上風、雨等大自然的動靜吸引人。
成長中的小孩，如忽略了大自然，那多可惜啊！

同床

媽媽睡左邊
爸爸睡右邊
給冬天蓋一床厚甸甸的棉被
我被關在兩座大山間

媽媽睡右邊
爸爸睡左邊
夏天的風從山頂上吹過
我的光腳板一左一右
搭在山腰間

我一會兒搖搖左一會兒搖搖右
把兩座山搖累了
把自己搖睡了
終於飛過千重山了

你有過這樣的睡覺經驗嗎？
大人怕小孩著涼，
緊緊地給他蓋住一床厚棉被；
殊不知小孩身體像一盆火，
被子蓋太嚴實，反而嫌熱。
左右包夾如兩座大山，
逼得他想「飛」出去。

走失的孩子

人群中走失的孩子
望著陌生的車流
擔心回不了家
像車子拋錨
停在馬路邊
頹喪地眨眼睛
黃色的車邊燈閃啊閃
頰上的淚被風吹乾
一顆星，在黑色的天幕下

誰能替他把說不出口的話
送達回不去的家
誰讓他放聲哭一場……

現在，他躺在別人的屋裡睡下
遠遠看到了從前的家
從前的爸媽

社會越複雜，失蹤兒童的下場
就越令人擔憂。天下的父母啊，
怎忍心讓單純、幼稚、無辜的心靈受到傷害？

密碼

他的檔案密碼
是一句罵人的話
每次開機
電腦都用那句話
先罵了他

老師摸不清他心底的話
開不了機
同學摸不清他心底的話
開不了機
他成了一具密碼深鎖的
檔案，躲在孤單的
角落裡
孤單地
挨罵

心房是人內在的「電腦」。
面對自己的心，
你是活潑開朗的，還是孤僻無助的？
你願意告訴人家你的檔案密碼嗎？
你有什麼解不開的心結嗎？

考試

昨天考試的時候他睡著了
他夢見前一晚在用功
爸爸關心地問：都讀懂了嗎
媽媽關心地問：都背好了吧

上床前他深怕眼睛一閉就會忘記
他想到上勞作課時
用黏土築起一圈又一圈的圍牆
他讓自己坐在城的中央

這下安啦
沒有人能進到這裡
把我記得的東西偷走
他夢見自己放心地參加考試

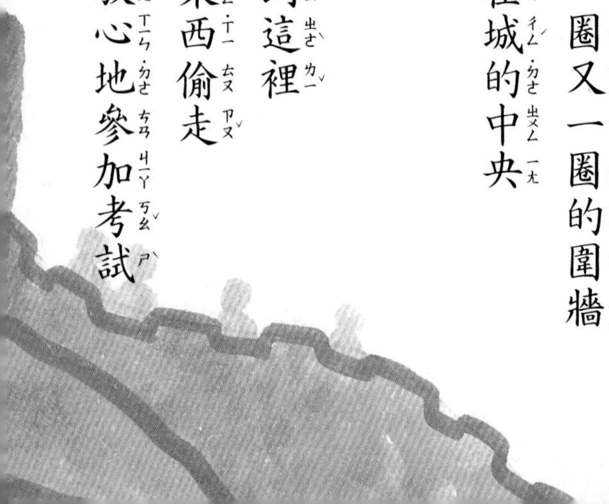

考試前最容易患得患失，
一會兒擔憂這沒記牢，
一會兒又擔憂那會忘記；
旁人的關心，更是造成壓力。
由於心理緊張又開了夜車，
真有人在應試時睡著了呢！

放假

給元旦一顆煎蛋
給春節一疊紅包
給元宵節一碗湯圓
給情人節滿街的玫瑰花

給青年節一個睡懶覺的藉口
給兒童節一個不做家事的理由
給清明節到處遠足的山頭
給母親節一頓早早訂好的大餐

給端午節什麼呢？屈原
給中秋節什麼呢？嫦娥
父親節寫什麼信？爸爸
教師節寄什麼卡片？老師

如果屈原娶了嫦娥
天下的父親都當了老師
嘿！那又要
放好多好多假嘍
誰也不用到教室後頭
罰站了

放假總是好的，
誰不想給呆板的日子增添點情趣。
想想看，還有什麼理由放什麼假？
在放假的日子可以做什麼事？

畢業嘍

他在國語的臥室學哭與笑
在算術的廚房發現餓與飽
在社會的客廳認識來訪的人
在自然的院子活動陽光的大手腳

有一個字不容易學
老師說知，同學說行
有一件事最難做
媽媽說愛，爸爸說恨
有一個想法最難把握
別人說東，自己說西

有一座迷宮
它的出口豎了一塊指示牌說
畢業嘍
直達新迷宮

學校就像一座迷宮，
等我們走通了，就到出口了。
外頭又有一座新的迷宮，
等著我們去試探。

早晨

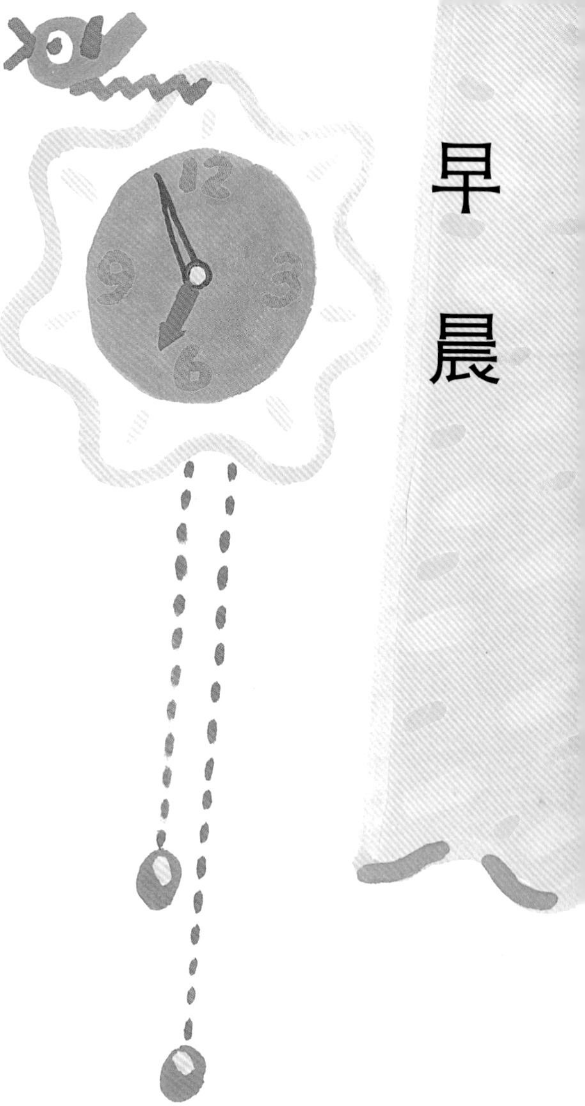

咕咕鐘整點報時
微曦躍進來
一輛發光的
嬰兒車
窗外的太陽
剛升起
媽媽在餐盤裡
擺好一顆橙黃的煎蛋

早晨是一天中最清新美好的時光，
像嬰兒是人生中的早晨一樣。

兩兄弟

切牙八顆
犬牙四顆
磨牙八顆
外加假牙一顆
弟弟的瓶瓶罐罐裝滿換下的乳牙
和一粒受傷的恆牙

有的含過乳頭
有的咬過奶嘴
有的啃過指甲
有的罵過人
唯一沒嚐過的是
當大人的滋味

咖啡框眼鏡三百度
黑框眼鏡五百度
鍍金邊七百
隱形一千三
哥哥的書房裡放了一堆舊鏡片
幾副摔斷的眼鏡框

有的沉迷過漫畫
有的沉迷過電動玩具
有的迷看電視
有的迷打籃球
日漸模糊的是
他小時候的樣子

這首詩以換牙及換眼鏡
設想孩童的成長、時間的飛逝。
乳牙及換掉的舊眼鏡，
就像蟬蛻的殼一樣，
是歲月的刻痕、生命的記憶。

我愛的鄰家大姊姊

我愛的鄰家大姊姊
穿戴雪白的重孝
火光照映她臉上淡淡的雀斑
像許多個夜晚
我淡淡的悲哀一樣

我愛的鄰家大姊姊
和雜貨店小開一同鑽進甘蔗田
她叔叔用扁擔打她出門
光溜溜她的人生
光溜溜一根扁擔

不幸的她不幸被暴漲的溪水沖走了
村人在顯靈的地方建廟
香煙裊裊的夜晚
她含淚託夢對我說
「乖——」

當我們小的時候，
大人的一舉一動，我們未必瞭解，
但往往儲存在記憶裡。
那些模模糊糊的人事光影，
引領我們成長，
一步步去思索生死、愛情和信仰的問題。

摩天樓夜眺

燈火通明的高樓
向天空疊羅漢
縱橫交錯的公路
向四方溜滑梯

車燈是地上的星星
一群群跑來跑去
雨滴是天上的螢火蟲
一群群掉進河裡

入夜的城市正舉行
露天音樂會
藍眼黑眼褐眼的金甲蟲
全穿上閃閃發光的金縷衣

我的心也和高樓疊羅漢
攀上天頂
遠到天邊
去聽更華麗的音樂會

相信很多人有登上高樓遠眺的經驗，
除了欣賞美景，
還能激發雄心壯志呢！

聖誕夜

路燈亮了
弦月升起了

糖果屋還坐落在
百貨公司的七樓
搖著鈴鐺的馬車
也在那裡

教堂鐘響了
窗口的長襪子掛好了
眼皮像聖誕樹上的燈
一閃一閃
聖誕老公公你知道
現在都幾點了

活在童話中是幸福的。
詩中的小孩（隱身的發言者），
深信他的聖誕禮物是聖誕老公公送給他的。
每年聖誕夜他一定熬到眼皮張不開才快快就寢。

送行的話

雪開始融
高高的路燈下
雪融成水
向不知名的地方流去

雪慢慢融
靜靜的融雪是一項成年禮
長大的孩子要到遠方
路燈低下頭照看他

愈來愈遠的雪
全都融化了
融成一行行
送行的話

由於現代交通工具縮地有術，
加上電話通訊十分便捷，
現代人送行，已不像古人那麼哀傷，
但送行時難免還有不捨之情，
特別是父母親送孩子負笈他鄉時。

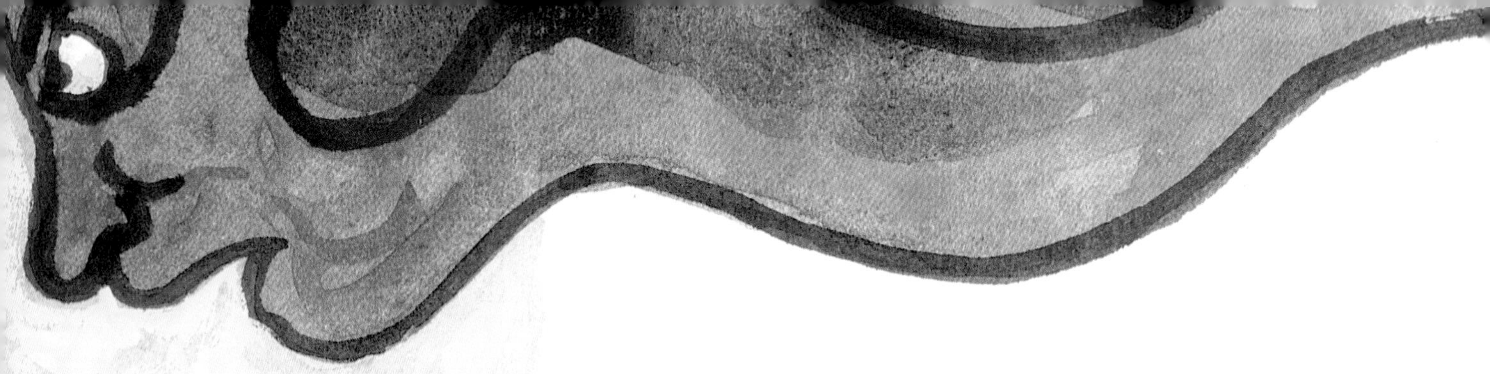

吵架

他剛從家裡出來
爸媽又吵架了
明天的母姊會
不知道誰會來

街上下著雨
有人捂著臉哭
他四下張望
路樹被閃電照亮

孩子最怕父母吵架。
很多想啟齒的事，沒法子說；
很多原應待在家裡的時間，
只好遊蕩在街頭。

遠足

海水載浮著蒼翠的小島
白鳥在山之上之下
滑翔
藍天包圍著遠海的小船
漁人在水之上之下
遙望

遠足的心情就像白鳥翱翔的心情，
像漁夫在碧波起伏的海上遠望的心情。

回憶

年老的爺爺
孤零零坐在院子
看星星

在夜空中看到
年幼的孫子跑跳著
年輕的兒子追趕著
獨不見年長的自己
到哪裡去了
一不留神
星星全掉到他眼裡了

老年人喜歡回憶年幼或年輕時。
沉湎於過去，
難免覺得感傷。
希望孩子們讀這首詩時，
能體會老年人的心情。

下山的猴子

人（ㄖㄣˊ）到（ㄉㄠˋ）銀（一ㄣˊ）行（ㄒㄧㄥˊ）提（ㄊㄧˊ）錢（ㄑㄧㄢˊ）

用（ㄩㄥˋ）錢（ㄑㄧㄢˊ）買（ㄇㄞˇ）水（ㄕㄨㄟˇ）果（ㄍㄨㄛˇ）吃（ㄔ）

猴（ㄏㄡˊ）子（ㄗ˙）不（ㄅㄨˋ）需（ㄒㄩ）要（一ㄠˋ）

山（ㄕㄢ）上（ㄕㄤˋ）有（一ㄡˇ）的（ㄉㄜ˙）是（ㄕˋ）水（ㄕㄨㄟˇ）果（ㄍㄨㄛˇ）

結（ㄐㄧㄝˊ）實（ㄕˊ）纍（ㄌㄟˊ）纍（ㄌㄟˊ）的（ㄉㄜ˙）樹（ㄕㄨˋ）

就（ㄐㄧㄡˋ）是（ㄕˋ）牠（ㄊㄚ）的（ㄉㄜ˙）銀（一ㄣˊ）行（ㄒㄧㄥˊ）

嚴寒的風雪來了
樹死了
樹上的果子也落了
猴子被迫下山
趁夜黑無人之際
用凍僵的手
拍打銀行厚重的門

一旦環境遭破壞，
猴子就必須下山到文明社會來乞討。
「下山的猴子」能不能帶給我們一點生存的啟示呢？

雞和貓

母雞抱著翅膀在草垛旁
左摟一隻花貓
右摟一隻白貓

咕咕咕
一長串鼻音：
我的乖寶寶
貼身於母雞翅膀下的小貓
睜著嬰孩般的眼睛
喵喵喵——
打心窩裡
向摟抱牠們的胖姨
撒嬌

愛是動物間共通的語言，
愛甚至不分種性。
這裡描述的正是跨越種性的愛。

世界地理

老師在黑板上畫圖：
一隻天竺鼠趴在桌上，
貓瞪大了眼珠看牠。
有條狗盯著貓嘴上豎直的鬍鬚，
昂起頭，就站在貓對面……
「這一堂課，我們講世界地理。」
老師說。

在這裡，鼠、貓、狗的關係有點兒緊張。
人與人之間、國與國之間，
常常也出現這種對峙的情勢。

寫詩的人

陳義芝

陳義芝，民國四十二年出生於臺灣花蓮，四歲時，搬到彰化海邊一個窮困的小村莊，幸好有上學的機會，使他一路摸索到臺北。

從臺灣師範大學畢業後，他先在中學教了幾年書；後來因為寫詩的關係，被《聯合報副刊》請去當編輯，擔任過《讀書人》版主編。前幾年，他去香港進修，獲得文學碩士；現在是《聯合報》副刊組主任，輔仁大學兼任講師。

從十六歲開始寫作，至今已編寫了十六本書，主要是詩集。他平日固定的嗜好是看報、看書，看電影、旅遊。由於屬蛇，也喜歡蒐集蛇的紀念品。

畫畫的人

曹俊彥

曹俊彥，一九四二年在臺北大稻埕出生，排行老么。二次大戰時，疏散到北投。從小與臺北近郊的大山小山為友，又喜歡塗塗畫畫，長大後，最喜歡以圖畫說故事。

他從在小學任教開始，便經常借由圖畫和小朋友做朋友，有時候是漫畫，有時候是插畫。他最得意的是，後來以編圖畫書為主要工作，天天享受快樂。

他曾經以紗帽山可愛的山形做聯想，而為小朋友寫了一本圖畫書。看到小朋友天真的笑，他就樂極了。

童年是～～

童年是
終日無所事事
不知哼什麼那樣哼不知唱什麼那樣唱
自自在在一步一步踏出來的滿心的快樂

童年是
無所事事
躺在野花紅似火的山坡上看藍天裡白雲追趕著白雲或
躺在晒穀場上夜的大傘下數一夜也數不完的星星

（圖、文選自葉維廉著、
陳璐茜繪之《樹媽媽》）

彩色的夢

兒童文學叢書

・童話小天地・

榮獲行政院新聞局第十八次推介中小學生優良課外讀物

◎奇妙的紫貝殼
簡　宛・文　朱美靜・圖

◎奇奇的磁鐵鞋
林黛嫚・文　黃子瑄・圖

◎九重葛笑了
陳　冷・文　吳佩蓁・圖

◎智慧市的糊塗市民
劉靜娟・文　郜欣／倪靖・圖

◎丁伶郎
潘人木・文
鄭凱軍／羅小紅・圖
本書榮獲文建會「好書大家讀」活動推薦

◎銀毛與斑斑
李民安・文　廖健宏・圖

◎屋頂上的祕密
劉靜娟・文　郝洛玟・圖

◎石頭不見了
李民安・文　翱　子・圖
本書榮獲第五屆圖畫故事類小太陽獎

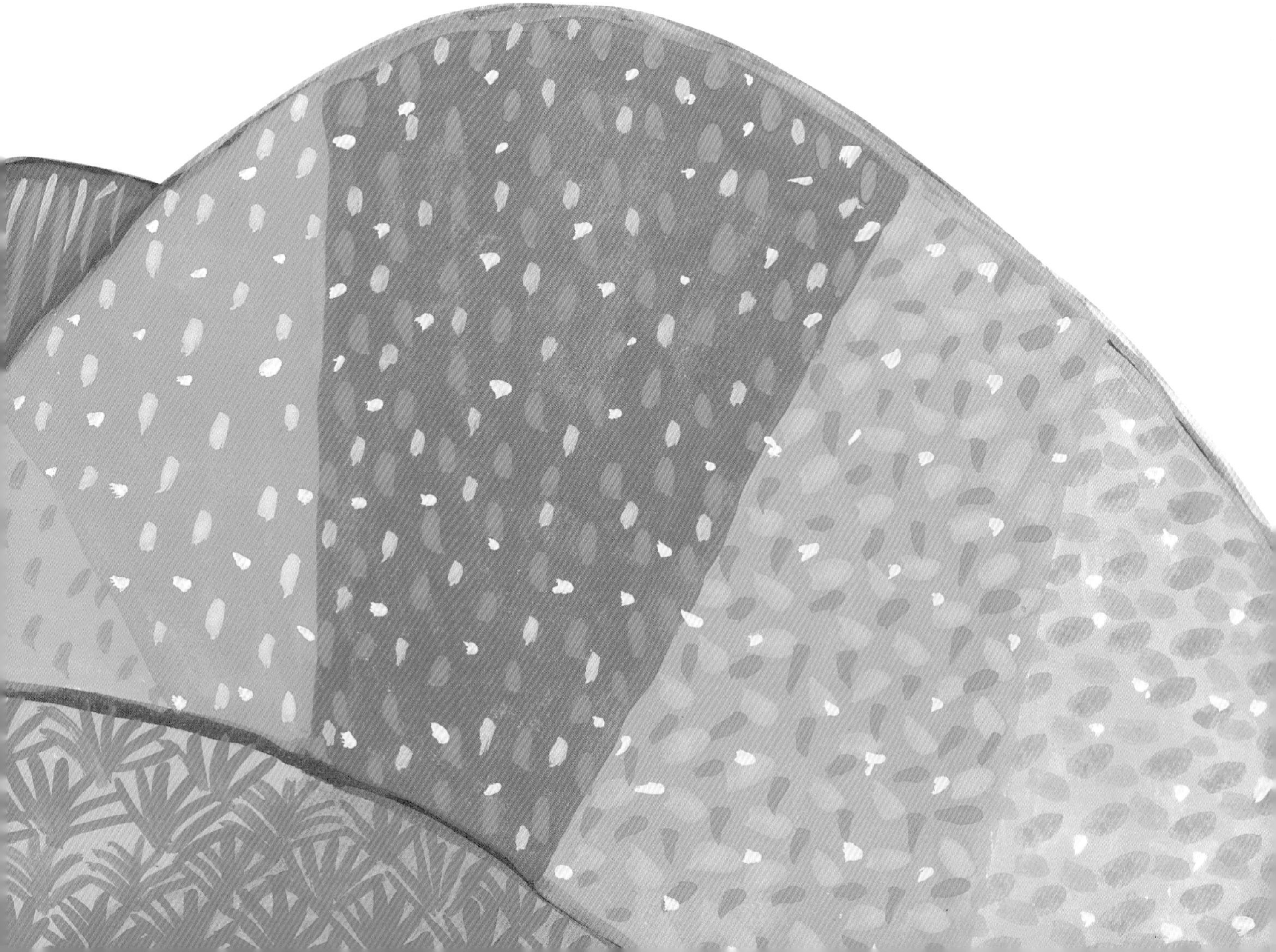